그대가 나를 기다릴 것 같아

봄비 오시는 날

정 대 수 두손 모아 드림

바쁘다 봄비

바쁘다 봄비
ⓒ 정대구, 2018

지은이_ 정대구

펴낸이_ 이양훈
펴낸곳_ 도서출판 도훈
          (권선구 입북로 65 / 376-2017-000061)
발행일_ 2018년 4월 19일
사무실_ 서울시 용산구 이태원로15길 14-4
전 화_ 0507-1453-4621, 010-6722-4621
팩 스_ 0504-227-4621
이메일_ flyhun9@naver.com
홈페이지_ dohunbooks.modoo.at

인 쇄_ 미창 프린팩
홈페이지_ www.mcprint.co.kr

ISBN_ 979-11-961587-5-0 03800
정 가_ 10,000원

「이 도서의 국립중앙도서관 출판예정도서목록(CIP)은 서지정보유통지원
시스템홈페이지(http://seoji.nl.go.kr)와 국가자료공동목록시스템(http://
www.nl.go.kr/kolisnet)에서 이용하실 수 있습니다. _CIP2018011240」

바쁘다 봄비

정대구 시집

좋은 책 만드는
도서출판 도훈

　시를 쓰면서 나는 생산적인 내 주변인에 대해서 늘 미안하다. 부끄럽다.

　내가 시를 쓰면서도 생활할 수 있도록 옷이며 집이며 먹을거리며 기타 생활용품이며 교통수단을 제공해 주는 모든 분들을 나는 사랑한다. 존중한다.

　내가 괜히 콧대 높게 시를 어렵게 써서 이들이 나의 시로부터 멀리 도망치거나 괴롭힐 이유가 없다. 되도록이면 시를 쉽게 써서 이들이 나의 시에 쉽게 접근해서 시의 위무, 시의 오락, 시의 감동에 즐겁게 동참하는 나의 독자로 모시고 싶다.

2018년 봄

정 대구

바쁘다 봄비

차례

시인의 말

1부 엄살

3부 태양의 꿈

4부 가을산

1부

엄살

엄살

매일 보는 아내가 엄살이라고 했다
아닌데 진짜 아픈데

일주일에 한 번 만나는 친구가 엄살이라 했다
아닌데 진짜 아픈데

가끔씩 만나는 제자도 엄살이라 했다
아닌데 진짜 아픈데

그렇게라도 걸어 다니는 게 진짜 용하다고
진짜로 의사가 그랬는데

우리집 밥숟가락

어머니 모시고

우리 내외가 5남매를 키울 때는 여덟 식구

밥은 혹 한 그릇에 비벼먹을 수도 있지만

숟가락만은 꼭 여덟 자루

그래서 나의 등단작에

우리 집 밥숟가락은 무겁다고 썼더니

그걸 가지고 따지는 사람도 있었지만

지금 우리 집 밥숟가락은 가볍다

늙은 아내와 내 것 딱 두 벌

그런데 아내 것과 내 것이 따로 있어

혹 며느리나 딸아이들이 와서

수저를 놓을 때 십중팔구 제 엄마가 야단이다

밥숟가락은 바꿔 먹는 게 아니라고

나도 무심결에 숟가락을 집으면 아내가 펄펄 뛴다

아직도 제 밥숟가락 하나 못 챙기냐고

그런데 아내 말고는 누가 봐도

우리 집 밥숟가락은 바뀐 것 같다

수저꼭지가 귀두처럼 툭 불거진 게 내 것 같고
꼭지가 밋밋하게 얌전히 빠진 게 꼭 아내 것 같은데
애초부터 아내가 전자를 자기 것으로 삼고
후자를 내 것으로 정한 이유가 무엇인지
우리 집 주도권을 그래서 아내가 잡은 게 아닌지
지금 와서 그런 생각이 들어
나는 힘없는 여성적인 시나 쓰면서
자의반 타의반으로 금치산자가 된 듯한 느낌이 들어 내가
더 큰 문제는 그게 차라리 잘 됐다 싶은 거야
그깟 밥숟가락 바꿔버리면 되잖냐고
천만의 말씀, 그럼 난리가 날걸
내 손으로 써서 붙인 우리집 가훈이 "네덕 내탓"이거든
다 마누라 덕이지

의자의 말

여기는 경로석이 아니라고?
그래도 나는 나 몰라라 딴청 피고 앉아 있는 이 젊은
친구 대신
저 노인을 모시고 싶은데
오해 마시게
젊은이가 뚱뚱해서 무거워서가 아니고
내 앞에 힘겹게 서 계신
다 낡아빠진 할머니가 하도 딱해서

젊은 노송들

소요산으로 야외수업 나온

한시감상반 백발들의 명시 및 자작시 낭송은

푸르청청한 노송들이 읊조리는 묵직한 솔바람소리인 듯

그 내용 무슨 뜻인지 다 알아들을 수는 없지만

젊은이를 무색하게 하는 불꽃은 뜨거워

산중의 늦가을 빗소리를 다 태우고

뒤풀이로 이어진 노래방 식을 줄을 몰라

화성까지 갈 길이 먼 나는 어쩔 수 없이

우산을 받쳐 들고 그 열기의 현장을 몰래 빠져나왔네.

사강서 우주선에 몸을 실으며 생각했네

바라건대 그 열정 다음 주 강의실까지

아니, 동해물과 백두산이 마르고 닳도록

군밤에서 움이 돋아* 먼 훗날 관속까지 가지고 가시길!

* 고려속요 「정석가」에서

설과 세배

해마다 설을 맞아 세배 다닐 때가 좋았는데
이젠 설이 닥쳐도 서럽네요 세배 다닐 곳 없어

세배는 앉아 받을 때보다
설을 맞아 먼저 부모님께 세배 드리고
이어서 동네 어른이고 선생님이고 찾아다니며 세배할
때가 즐거웠는데

양친부모 벌써 돌아가시고
내 주변에 나의 세배 받을 어른 한 분 한 분
또 한 분 줄어들어 안 계셔
새해를 맞아 설이 더 서럽네요.

옛날 얘기 들려주기

옛날, 형광등도 백열등도 석유불도 없던 아주 먼 옛날
들기름이나 쇠기름으로 등잔불을 키던 시절
그 등잔불도 없어 못 키는 아주 가난한 집 아이 차윤과
손강
여름엔 반딧불을 잡아 그 불빛에 글자를 비춰가며 글을
읽고
겨울엔 훤한 흰 눈빛으로 공부를 했다 해서
공부를 반딧불형螢자 눈설雪자를 써서 형설지공이라 한
단다
지금 이 밝은 형광등 켜 놓고 뭘 하고 있는 거니 얘들아
이 할아비는 석유불의 심지를 돋우며 공부를 했단다
어머니께서, 그러니까 너희에겐 증조할머니시지
화로에 인두를 묻어 놓고 바느질을 하시는 옆에서
그 희미한 등잔불빛으로 바늘귀도 꾀어 드리며

여든 번째 새해를 맞는 1월의 꿈

(一)

옛날 곧은 낚시로 세월만 낚던 처사 강상이 여든 번째 맞
은 1월 그해에
주 무왕에게 들켜 출세하여 유명하게 후팔십을 살았던데
올해는 대한민국의 정대구가 여든 번째 맞는 1월이다
대어를 낚는다든가 뭐 기적 같은 대박 한 방 뻥 터져
깜짝 놀랄만한 출세의 기회가 오지 않을까

나무아미타불 나무관세음보살
시인으로서 지금까지 미미한 전팔십을 살아온 정대구가
세상에나
여든 살에 대상을 낚아 천하를 주름잡는 꿈이
꿈이 아닌 현실이기를

(二)

1은 무한수의 시작이지만
1월은 유한수의 시작, 12월로 끝나버리는 꿈

그래서 그런가

그렇더라도 그럼에도 불구하고

1월의 1은 흔히 숫자에 지나지 않는 1은 분명 아닌

새로 탄생하는 꿈

해마다 흰 백지처럼 차분함과 설렘이 공존하는

오리무중

\- 지독한 안개

여릿여릿 흐물흐물

빛은 먹히고

소리는 잡혀

천지간에 배경이 사라진 안개벽 속에

꼼짝 못 하게 발을 묶어놓고

코앞에서 내 여인 삽시간에 지워버려

현장에서

탕탕 탕 총을 쏴도 소용없고

칼로 벨 수도 없어

실종신고

도대체 두꺼운 복면 속의 너는 누구냐

혹 너 납치범

사건은 점점 미궁 속으로 미궁 속으로

장기화 조짐

견공犬公의 변辯

멍멍 멍,
사람들 너희가 얼마나 잘 났기에

개떡
개살구 개복숭아
개새끼 개놈 개자식
개만도 못한 놈 그러나

너희 어린 손주를 안고는 귀여워 죽겠다는 듯
내 강아지
내 강아지 그러면서

개새끼와 강아지가 뭐가 다른데

아프리카든 아메리카든 시베리아 벌판이든 적도의 나라
이든
아주 먼 옛날부터 사람 사는 곳이면 으레 그림자처럼 우

리가 있어

　우리는 너희들이 좋아 따라다니는데
　반가워 반사적으로 꼬리를 치는데

　도둑도 지켜주고 그리고
　너희들 허약한 몸을 위해 우리 몸을 바쳐 보신탕도 되어
주는데
　고마워할 줄도 모르고 너희는 욕할 때마다 우리를 팔다
니 쯧쯧 쯧
　에라, 이 개만도 못한 양반들아
　멍멍 멍,

소시민

지난 연말께 세금 내러
고지서와 통장을 들고 은행엘 갔다
통장 잔고를 0으로 해도 몇 백 원이 부족이다
깎을 수는 없냐니까 그럴 수는 없단다
할 수 없이 천 원짜리 몇 장 들어 있는 주머니를 풀어 계
산하고 나니
100원짜리 10원짜리 동전 서너 개 거스름돈으로 나온다

그 동전들을 즉석 입금
나의 통장에 잔고를 남기고 싶음
나는 애국자요 부자다
세금포탈 탈세 등을 떡먹듯이 하는
두려움을 모르는 통 큰 재벌들이 많은 이 나라에서
몇 십 원까지 세금계산하고도
잔고가 들어있는 통장이 있고
빳빳한 천 원짜리 몇 장 새해로 이월되는 주머니가 있어
나는 떳떳한 소시민

세뱃돈을 주고 나서

대목장에 사강 나가 새마을금고에서
빠작빠작하는 새 돈
설날 아침
먼저 설 차림으로 고생한 아내에게
그리고 아홉 명의 손주에게
이어 며느리와 딸들에게
세뱃돈을 나누어 주다보니
역시 주는 마음은 즐겁다
흐뭇하다
사만원이 비는데도
용서한다 용서해
새 돈인지라 누구에겐가 겹쳐 들어갔거니
이왕이면 제일 못사는 놈에게 묻어갔기를
그러기를 바란다
괜찮다 괜찮아

나눗는 마음이 즐겁다

2부

봄날은 간다

봄날은 간다

옛날에는
연분홍 치맛자락 휘날리며 눈물로 갔다
물을 튀기며 써레질하는
황소 꽁무니에 묻어서
배고픈 아이들을 울려 놓고
찌푸린 하늘 밑
보리밭 사잇길로 봄날은 갔다

오늘날은
보리밭 사잇길도 없고
꽃바람 휘날려도 눈물을 모른다
왔다 갔다 갈며 써리며
기계가 알아서 다 하고
게임에 빠진 아이들 놔둔 채
관광버스 타고 봄날은 간다

오다가다 만난 그 여자, 우연인가 필연인가

2호선 잠실역 7번 출구에서

11시 30분에 만나 점심을 함께하기로 한 그녀를

엉뚱하게 10시 45분경에 이수역에서 만났네

4호선과 7호선의 환승역인 이수역

나는 4호선에서 7호선으로 이동 중이었고

그녀는 7호선에서 4호선으로 이동 중

긴 복도 중간에서 오다가다 만났네

그녀는 2호선을 타기 위해 환승역인 사당역으로 가는

길이었고

나는 그녀를 만나기에 앞서 틈새 시간을 내어

한 친구의 얼굴을 잠시 만날 생각으로 7호선 논현역으

로 가는 길이었네.

서울인구가 얼마이고 지하철 이동인구는 또 얼마인데

약속 장소도 아닌 엉뚱한 곳에서

생각지도 않은 시간에

뜻밖에 이렇게 부딪칠 수도 있다는 거

우연인지 필연인지 그녀와의 데이트 시간도

45분 정도 앞당겨졌고 그만큼 길어졌네

가뭄단비

아, 얼마만인가
얼굴에 와 부딪는
비! 비! 빗방울!
혀를 쭈욱 내밀어 맛보니
정말 달다 달아

목이 타들어가던
이 땅의 산천초목
후드득 빗방울 맞으며 너울너울 춤춘다.
논이고 밭이고 있는 힘 다해
쭉쭉 빨아들인다.
꾸룩꾸룩 꾸르륵
목구멍으로 빨려들어가는 물소리

색즉시공

막 바로 내 눈앞에서 벌어진 현상
이쪽 덩굴 속에서 일어나 저쪽 덩굴 속으로
그물을 던지듯
날쌘 한 떼의 조막만한 새떼들이 포르르
순식간에 숨어버려 감쪽같이
어디로 간 것일까
눈 씻고 봐도 아무 흔적 보이지 않아
다만 그 자리에 고요 몇 평
아하, 이것이구나 나무아미타불
바람처럼
가뭇없다는 말이

비유적 화법
- 시인 지망생을 위한

엄벙덤벙 풍당풍당

고기를 잡으러 어디로 갈까요

산으로 갈까요 바다로 갈까요

실개천 강으로 갈까요

무엇을 원하는지

나뭇잎 하나 따 들고 고기 잡았다 할까요

넘실대는 넓은 바다에서

붕어 월척 낚았다 할까요

송사리 피라미 미꾸라지

무슨 물고기를 잡았나요

집 앞 웅덩이에서 고래를 잡나요

숭어 민어 광어 도다리를 잡나요

라라라 라라라

큰 배에 가득히 실어올까요

헛물만 들이키듯

빈 병에 가득히 욕망만 부풀려

부풀려 돌아올까요

어떤 교통사고

개미 가는 길엔

길도 없다 그들이 가는 길이 곧 길이다

발발거리며 떼를 지어 줄줄이

이어가고 이어오는데 신호등도 없다

고 스톱 신호등 없이 수시로 왔다갔다 건너다녀도

교통사고도 없다

흙 한 덩이 건드리지 않고

풀 한 포기 개개지 않는다

새나 짐승들도 마찬가지

그들이 가는 길에 신호등 없다

길도 없다 그들이 가는 길이 곧 길이다

바람처럼 지나간다

개미나 짐승들이 교통사고를 당한다면

그건 사람이 만든 길 위에서다

사람 발바닥에 밟히기도 하고

지나가는 차바퀴에 압사 당한다.

새들도 질주하는 고속도로에서 사고를 당한다.

차량에 부딪쳐 떨어진다.

살아 숨 쉬는 신호등
– 남북의 창을 보며

네거리 한복판에 북한 여성은 신호등이다
두 다리를 하나로 모아 서 있는 자체가
내 눈길을 사로잡는다.
행동하는 조각품인 듯
왼손 손바닥을 땅으로 가게 수평으로 펴서
왼팔을 꺾어 목을 베듯 턱밑에서 오른쪽으로
절도 있게 이때 고개도 오른쪽으로 꺾이고
다시 오른손 손바닥을 땅으로 가게 수평으로 펴서
오른팔을 꺾어 다시 목을 베듯 턱밑에서 왼쪽으로
절도 있게 이때 고개도 왼쪽으로
이번에는 손바닥을 펴서 어깨너머로
혹은 옆으로 세워 앞으로 방향을 잡아 줘
내 몸 안에 빨간불이 들어오기도 하고
파란불이 들어오기도 하고
그녀의 손바닥 위에서 나는 놀아난다.
힘차게 내뻗는 그녀의 팔에 매달려
나는 나를 통과한다 부끄럼도 없이
아무런 의식도 욕망도 없이

안개 낀 밤 빛의 콘서트

화성출신 국민가수 조용필이
고향에서 빛의 콘서트를 열었다
빛의 노래를 보러 사람들은 꾸역꾸역 모여들었다
타악기가 가슴을 쾅쾅 울리며 막이 오른
빛의 노래는 과연 빛의 황홀한 춤
준비된 사람들은 금방 빛에, 노래에 빨려들었지
문제는, 물고기를 몰아내고 지은 가설공연장인지라
용왕님이 노하셨는지
사방에서 피어오른 안개가 삽시간에 현장을 덮쳐
빛은 빛의 속도로 안개에게 먹히고
소리는 소리의 속도로 안개에게 잡혀
어둠 소沼에서 사람들은 꽥꽥 괴성을 내지르며
그물을 빠져나가려는 물고기처럼 파닥거렸다

예수터널

터널의 끝은 빛이다
아무리 긴 터널도 끝은 있다
터널을 빠져나오는 순간
눈이 부시다

예수는 고통의 긴 터널이다
십자가의 예수터널을 눈 부릅뜨고 끝까지 통과하라
너를 기다리는 부활의 눈부신 빛이 있다

삼일절과 사강장터

– 태극기의 혼

사강 장터 골목마다 좌판마다
면에서 새로이 마련한
눈부시게 조용하고 깨끗한 태극기가 내걸렸습니다
바람 없이 고요한 날이지만 깃발을 바라보는 나의 귀에
내가 태어나기 훨씬 전인
기미년 만세운동 현장인 듯
90년 전 사강장날 3월 2일 그날의
피 묻은 함성이 들려옵니다
손에 손에 태극기 들고 지금 여기
송산 서신 마도 삼개면의 중심지인 사강장터로 모여든
백의의 물결 물결
할아버지 할머니 아버지 어머니 고모 삼촌
아저씨 아주머니 그리고 지금 내 손주또래
아이들까지 다 함께 목이 터져라 불러대는
대한독립만세
대한독립만세

과거·현재·미래 삼세에 걸쳐
터져 나옵니다

제부도 사랑

옛날 옛적 새파란 신랑각시 무슨 사연인지 맨발로 걸어서
건널濟 붙들扶 서로 몸을 붙들고 바다를 건너와 제부도
되었지
이제 너와 내가 서로 몸 기대며 제부도에 들어와
화성의 서쪽 끝 석양에 눈 붙여 본다

분홍치마 엷은 연무 속 바다와 하늘이 엉겨 붙어
어디까지가 너와 나 사이의 경계인지 차이를 뭉개고
조개 줍고 낙지 캐며 아들 낳고 딸을 낳아
갠지스 강의 모래알만큼이나 많은 사랑을 해도
다 끝나지 않는 우리 둘의 사랑

심술쟁이 시샘꾼 천둥번개가 때때로 벼락을 내리쳐
우리 둘 사이를 갈라놓으려 해도 꿈쩍 않고
떨어지지도 끊어지지도 않아
우리는 건곤일획 영원한 사랑의 표상
출렁이는 수평선

보시고 또 보시라 오래오래

한정 없이 제부도는 제부도 너와 나 사랑의 섬

누구도 부인할 수 없는 꿈의 무지개 건너

두 몸 한 몸 되어 가슴 뛰게 하누나

구봉산과 놀다

오르는가 하면 내리막길
내려가다 보면 또다시 오르막길
방향도 틀지 않고 WWW자로 오르락내리락

기차가 달려가듯
한 줄로 줄선 고만고만한 봉우리들 키 재기
팔봉인지 구봉인지
유박사는 팔봉이라
노교장은 구봉이라 우겨

여기가 거기고 거기가 여기
숨었다 들켰다 숨바꼭질하는 재미와
오르며 내리며 저 멀리 가물가물 섬 세어보는 재미

저기가 제부도 그 바깥에 풍도 그리고 그 앞에 국화도
입파도
저건 탄도 탄도 옆에 불도 선감도 그리고 저긴 대부도

여섯 섬이 일곱 섬이 여덟 섬이
아물아물

수수께끼 놀이하듯
풀어가는 구봉은 재미있어

초봄

낮엔 봄, 밤엔 다시 겨울

쉽지 않다

쉽게 오는 게 아니다 봄아가씨

봄인지 겨울인지

꽃망울 새싹들 살짝 내다보다가

웬걸, 몰아치는 꽃샘추위에 놀라 뒤로 주춤

몇 번이고 목 움츠려

설을 거꾸로 쉈는지

춥다 추워

오늘 아침 나는

서둘러

벗을까 말까 하던 내의

쉽게 벗지 못한다

통과제의인가

몇 번의 시행착오인가

돌고 돌아 어느 계절보다 어렵게 오는 봄은

갈 때도 어렵게 더디 가시길

'설'이란

나이 한 살 더 먹는 새해 첫날 아침

설레는 세뱃돈 받고

설설 끓는 떡국 두세 그릇 먹고

아이들 가슴 설설 설레어 '설'

해마다 찾아오는 새해 아침

떡국 반 그릇도 못 먹고 억울하게 나이 한 살 더 먹어

늘어나는 주름살 서러워

할아버지 할머니 섧고 서러워 '설'

'설'은 한자어에 뿌리를 두지 않은 순수 우리말

평화이야기 1

젊은 엄마 품에 안기어

엄마젖 빠는 아가

어항 속 예쁜 금붕어 뻐끔뻐끔 물 물었다 뱉었다 하듯

제 어미 젖꼭지를 쏙 내밀었다 물었다 하면서

고사리순 같은 손가락으로

말랑말랑한 엄마젖을 조몰락조몰락 갖고 노는 걸 보니

나도 세 살배기 젖먹이

하릅강아지 되어

두 손으로 엄마젖 어룽어룽 어루만지며

갖고 논 적 있걸랑요, 암요

들으셨는지

천공 저 위에서 어머니 한 분 행복한 웃음 웃으신다.

평화이야기 2

나무그늘 아래 평상에 누워

소리 내어 시를 읊는다

어디선가 경쟁이나 하듯 떨어지는

목청 돋운 매미소리

한껏 올렸다가 어느 순간 늘어지게 길게 끄는데

저 높이 아스라한 파란 하늘에

흰 구름 두둥실

자유란 그리고 평화란 바로 이런 것 아닐까

평화이야기 3

아, 말만 들어도 하늘 높고 배부른 계절

우리 동네 우복동도 황금물결 가을이다

얼씨구나, 오곡백과 풍성한

가을이 왔다

참말로 먹지 않고

서로 바라만 보아도 배부르다 나, 우리

함포고복含哺鼓腹

배 두드리며 옛 노래 부르자

장님잔치

맨발로 바다를 밟고
연꽃 봉오리 열고 나온
심봉사 딸 심청이

바다 위에 꽃 피네
꽃이 피네
아비의 눈을 번쩍 뜨게 할
효孝의 꽃 연꽃

인당수의 용왕이 보낸
향기 높은 축하 술로
장님잔치 벌여
나라 안이 술렁거려

속속 봉사님들 서울로 올라오고
청아 청아 내 딸 심청아
어디 보자

공양미 삼백 석에 자식 판
심봉사
끔벅끔벅하다가 연기하듯
버럭
번쩍 눈을 뜨네

화신花信

필까말까 진달래 꽃봉오리

나올까말까 개구리하품

얼었다 녹았다 논두렁길

움찔움찔 몇 번을 시행착오 거듭하는 사이

이미 양지에

제비꽃 날아와 앉았다는

남쪽나라에서 날아온 그녀의

꽃소식

오이상채를 아시나요

내 마누라는 별난 음식도 잘 만들어요.

오이상채, 내 마누라 팔뚝 같은 늙은 외를 재료로 한 오이상채,

숭숭 거칠거칠 어레미 같은 내 마누라의 갈색 팔뚝(딱하구나, 바깥일 땜에)

어쨌든 이 늙은 외의 껍질을 벗겨내면

놀라워라 새파란 젊은 것들보다 더 희고 부드러운 속살

어찌 보면 미끌미끌 능청맞기까지 하지

이놈을 마치 국수발처럼 길게 잘게 채로 썰어

약간의 소금을 얹어 겉절여서 조몰조몰 양념장에 묻혀낸

오이상채, 내 여름입맛을 돋워주는 내 마누라의 명품 오이상채,

늦여름 오후 우리 집에 오시면 맛볼 수 있어요.

어느 식당 메뉴판에도 없고 뉘 집에서도 먹어본 적이 없는

서재에서(2018년 3월)

서울, 한시반 강의 중(2018년 3월)

서울, 한시반 강의 중(2018년 3월)

송산, 온새미로 현대시 강의 중(2018년 3월)

송산, 온새미로 현대시 강의 중(2018년 3월)

서재, 컴퓨터 앞에서(2018년 3월)

3부

태양의 꿈

태양의 꿈

일찌감치 초저녁부터
부자 될 꿈 접고
국민의 선량 될 꿈 접고
대통령 꿈도 접고
접고, 접고
자정 너머까지 남아있던
교수학자 꿈도 접고
끝까지 경합을 벌인
아이들과 놀아주는 좋은 아빠
좋은 선생님 꿈도 접고
끙끙거리며 새벽녘까지 이루지 못한
고독한 큰 꿈을 태워
시방세계
전 우주를 온 종일 찬란하게 비추는
아주
큰 태양이 되었습니다

한 시인이 되었습니다

태극기의 고난과 영광
- 개인사적인 측면에서

내가 태극기를 처음 안 것은 일제강점기 때였지. 어린 나에게

우리나라 국기는 일장기가 아니고 태극기라고 쉬쉬하며

희미한 15촉 알전구 밑에서 새벽에 나를 깨워 처음 그려 보여준

그때는 무서운 우리 형님, 만주 형님은 독립투사였던지

해방되던 해 봄, 밤 몰래 부모님을 만나러 오셨든가

되짚어 바람처럼 사라져 간 우리 형님

부모님을 애타게 기다리게 해놓고 나 몰라라 해방공간 에 행방불명된 형님의 혼

팔일오광복을 맞아 요원의 불길처럼 전국에 물결치던 태극기

어린 나도 거리로 뛰어나와 양손에 태극기 들고

목 터지게 대한독립만세를 불렀지

그 뒤 내가 국민학교 5학년 때 터진 6.25동란

인공시절 3개월, 다시 지하에 숨어 숨죽여야 했던 태극기

9.28수복 후 겨우 숨을 돌리고

나는 내가 몰래 크레용으로 그려 감춰 두었던

구겨진 태극기를 펴서 떨리는 손으로 사립문밖에 내걸었지

함흥 전투에서 전사한 육군 소위 나의 사촌형

백골상자를 싸안고 있던 태극기, 나는 말없이 지켜보았지

그 뒤 내가 중고등학교를 거쳐 대학생이 되고

중고등학교와 대학 강단에서 나이 들어가는 동안

숨 가쁘게 태극기는 감동적으로 국민을 몰고 다니며

그때마다 불꽃처럼 전국을 휩쓸었지

4.19하며 5.18광주민주화항쟁 당시 힘차게 내달리던 태극기

계엄군 총칼에 무참히 무찔린

피에 젖은 시민군시신을 덮고 있던 성스러운 태극기

나는 눈물을 닦으며

독일 기자 힌스페터가 제작한 다큐멘터리 광주를 통해서

겨우 보았지

그리고 지난 88올림픽, 2002월드컵 신화 때

세계를 깜짝 놀라게 한 대한민국 태극기

스탠드 관중석을 꽉 채운

세상에서 그렇게 큰 국기는 처음 보았지

수백 명이 받쳐 든 운동장 만한 태극기

얼굴에 그려 넣은 태극기

머리 위에 고깔처럼 접어서 쓴 태극기

옷으로 지어 입은 태극기

거리마다 넘치는 태극기의 물결물결

전국 방방곡곡 겨레의 한 사람 한 사람

가슴에 새겨 넣은 감격의 눈물, 환호와 환희의 태극기

이제는 자랑스러운 한국의 상표

세계만방에 수출되는 아름다운 디자인 우리나라 태극기

지금 내 방 책상머리 정면에

반듯하게 걸려있네

포도밭과 라디오

포도 잎에서 향기로운 노래가 흘러나오고
포도알에서 알알이 달콤한 향기가 풀려나오네.

콜콜 포도향 따라 내려와
포도송이 훔치려던 고라니야 오소리야 하는 것들이
노래 감상을 하는 건지
무서워서 그러는 건지
주춤주춤 머뭇머뭇
잠시 걸음을 멈추고 있는데

꽈당꽈당 쿵쾅
도깨비들 장난인가
외진 포도밭에서 웬 대장간의 합창
나는 귀신이 나온 줄 알았네.

아, 거기 포도밭에 누가 지키고 있오?

푸른 공간을 팝니다

서울 남대문시장에 지천으로 쌓인 물건들
싸구려, 싸구려 단돈 천 원, 천 원에 흔들어 팝니다
울긋불긋 왈각달각 짝짝짝

정신없이 복잡한 그 한복판 틈새를 비집고
묵언으로 외치는 저 사내
시의 공간을 팝니다 묵언을 팝니다

아무도 들여다보지 않는군요
당연하지요 눈코 뜰 새 없이 바쁜 세상에
푸른 공간이 눈에 들어오기나 하겠어요 보일 리 없지요

그렇다고 하는 일 없이 아이쇼핑이나 하며
이리저리 묻어 다니는 사람들에게는 더구나
소요 속의 고요는 들리지 않겠지요

별수 없이 변두리로 밀려나는 저 사내

문제는 더 심각, 사람도 드문 거기서
누가 그의 유유자적 가난한 상품을 알아보기나 하겠어요

죽어도 사람이 사는 소음 속에 섞이어
무리와 함께하는 시의 좌판을 벌여야 할까 봐요
장사가 되든 안 되든

바쁘다 봄비

기척도 없이 봄비가
어느새 땅속을 노크했는지

동면에서 잠 깨어
쭉쭉
기지개를 켜며 기어 나오는 개구리

가만가만
간질이는 봄비의 속삭임에
몽긋몽긋
피어나는 개나리 진달래 꽃봉오리
뾰족뾰족
마른 나뭇가지 비비고
연초록 새순 돋고

살금살금 밟고 오는 봄비를 맛본
들판 여기저기 새싹 움트는 소리

파릇파릇 눈을 씻고

바쁘다 바빠
겨우내 감감하던 새소리
처음
빗쭈빗쭈 들려오는 아침
노란 옷 입고
올해 첫
학교 가는 아이들 같이
재재재 재잘거리는 봄비

해물탕

냄비에서 바다가 끓는다
하얗게 백숙으로 끓는다
우리는 뜨거운 바다에서
게 조개 새우 낙지 그리고
우럭 따위를 취향대로 건져 올려
뱃속에 바다를 집어넣는다
미더덕이 바다향기를 더해주고
파 쑥갓 미나리 함께 끓어
해물탕은 언제 먹어도 출렁거린다
싱싱하고 시원하다

허물벗고 허물입기

맑은 날이나 흐리고 비바람 눈보라치는 날이나
일분일초의 어김도 없이 숨차게 달려온 하루
황혼의 다리는 얼마나 아플까
몸은 얼마나 무거울까
천근만근 축 처져서 지칠 대로 지친
석양이 매대기치듯 뻘겋게 허물을 벗어
하늘을 물들이고
알몸으로
펄펄 끓는 바다의 틈을 비집고 들어가
뜨거운 물에 몸을 푹 담그면서
피곤한 잠자리에 든다
그날 밤 그는 언제 그랬냐는 듯
새롭게 불허물 입는 꿈을 꾼다
풋풋한 얼굴로 다시 일어나
새로운 오늘을 알린다

황사먼지

황사황사황사황사황사황사황사황사황사황사황사황사황사

황사황사황사황사황사황사황사황사황사황사황사황사황사

황사황사황사황사황사황사황사황사황사황사황사황사황사

황사황사황사황사황사황사황사황사황사황사황사황사황사

황사황사황사황사황사황사황사황사황사황사황사황사황사

황사황사황사황사황사황사황사황사황사황사황사황사황사

중국발황사로담을쌓고황사로도배한하루황사에갇힌누
군가미세먼지마스크쓰고TV에나와

손바닥으로하늘을쓸어본다시커멓게묻어나는황사먼지

회사후소繪事後素

그 육중한 도시의 밤을 폭삭 주저앉히고

여기저기 농촌마을 비닐하우스도 쓰러뜨리고

아득한 벌판을 꽉 채우고 휘어잡고

일시에 세상을 평정한 백색 혁명군단

하룻밤 사이 가히 천지개벽 수준이네

그것도 아무 소리 소문도 없이

대기의 온갖 소음을 눌러놓고

지금부터 새로 쓰는 이 땅의 역사

11월

보세요

고개 빳빳이 들고

양다리를 걸치고 있네요 11월은

가을과 겨울의 접속사인가요

접속의 순간순간 단풍 물들자 단풍잎 지고

나뭇잎 구르는 소리

11월의 국회는 시끄럽습니다

좌편향이냐 우편향이냐

태극기냐 촛불이냐

지금 이 나라 백성은

어느 방향에서는 울고

어느 방향에서는 웃고

때로는 온몸 활활 불태우고

때로는 꽁꽁 얼어붙습니다

조락해가는 11월

한가운데를 가르고 지나가네요 시간이
결국 내려놓을 것 다 내려놓고
겨울잠에 들어
새로운 뭔가를 설계하는 꿈
꼭 꾸고 말
앙상한 가지 끝 통로
광화문통 11街

오월

안보다 밖이 더 밝고 따사로운

오, 오월

오월의 새 생명은 맑고 밝다

새소리 바람결도 다 맑고 밝고 환하다

겨울내의 벗지 못하고 있던 응달쪽 동네 늙은이들도

윤나는 신록의 환한 향기 속으로

가볍게 걸어 나온다

환절기 감기

심술인지 시기인지
해마다 치르는 연중행사로
올해도 거르지 않아

꽃 피는 사월에
나에게 찾아오는 불청객

줄 재채기에 이어 콧구멍 틀어막아도 콧물 주르르
연달은 기침에 캭캭캭 가래 뱉어내기까지

난 이게 뭐람
남들은 산으로 들로 꽃구경 봄나들이로 꽃이 피는데

방구석에서 솜이불 뒤집어쓰고
뜨거운 신열로 온몸에 꽃을 피우다니

푸른 오월 어린이날

오늘 비 내리고요
빗물에서도 푸른 물이 배어나오는 오월
눈을 푸르게 물들입니다

비가 내려도 마냥 즐거운 오늘은 오월오일 어린이날
빗속을 달려오는 아이들의 푸른 발자국소리
향기롭고 싱그러워

재재 재, 맑고 밝은 말소리 웃음소리
새소리 어울려 푸른 꿈으로
아이들 세상 푸르게 물들입니다

어버이날 유감 2

자식들로부터 배달된 꽃바구니 들고
돌아가신 아버지 어머니 산소에 갔네요

아버지는 어버이날도 모르고 먼저 가셨고
어머니께서는
어머니날이 제정된 첫해였던가
꽃 부릍지를 사다 달아드리니까
그렇게 흐뭇해하시더니
지금 천궁天宮 어디서 다 보고 계신가요? 이 꽃바구니

우산과 건망증

오늘 비 온다는데 우산 갖고 나가요
아내가 챙겨 준 우산
비가 안 와 식당에 두고 나오기 일쑤

일기예보가 맞긴 맞는데
들고나간 우산 지하철에 깜박 두고 내려
지상으로 나오자마자 아차

이래저래 우산은 애물단지
우산 때문에
아내에게 야단맞기 일쑤

봄 가을 특히 소나기 잦은 여름철
우산에 신경 많이 써야 해
불쾌지수 높은 무더운 날 아내에게 야단맞지 않으려면

4부

가을산

가을산

참 좋구나! 좋을시고
덩실덩실

큰 산이 큰 꼬까옷 입고

아가들 환한 웃음소리
깔깔깔

가을커피

온다던 그녀는

시간이 다가도 오지 않고

내 앞에 놓인

한 잔의

커핏잔 속에 떠오른 얼굴

생각 깊은

짙은 암갈색 고요가

내 입술에 닿자

그 사이로 호르르 호르르

가랑잎 구르는 소리

늦가을 초겨울 경계에 흔들리는

무슨 향일까

낙엽 태우는 매캐한 연기

모락모락 피어올라

흠, 흠 간질간질

콧속 간질여 연속 줄재채기 나온다

그녀는 오지 않고

밤새 안녕

안녕, 밤새 안녕
요즘 밤은 위험해

별들은 흩어지고
초승달은 납치돼

안개 짙어 사건사고 잦은 악몽

도둑은 안 다녀가셨는지
누구 없는 사람은 없는지
각자의 안부가 궁금해

밤사이, 어디선가 화재사건 일어나고
실종신고 접수되어

아침뉴스 화면이 시끄럽게 얼룩져

장마 2
- 김수영 식으로

풍경이 풍경을 반성하지 않는 것처럼

적잖은 피해를 입힌

장마가 장마를 반성하지 않고

치고받고 오락가락

머뭇머뭇

몇 날 며칠을 추적추적

주룩주룩

또 무모한 빗소리

올여름 정치판 장마는 무슨 끝장을 보려고

7월 장마보다 긴 것이냐

절망이 절망을 끝까지 반성하지 않는 것처럼

장마구름

겉으로 유유자적하는 듯 보이는 저 구름인들 어찌 근심
걱정 없으랴
　어느 순간 시커멓게 물들어 몇날 며칠
　울며불며 밤낮으로 퍼붓는 장맛비

장마 4

1,

하느님이 곰팡이가 슬었나 배가 아프신가 묵직한 아랫
배를 움켜쥐고 벌써 며칠째 들락거리신다 태풍에 천둥번
개에 벼락을 동반하고 톱질하듯 아래위로 오르락내리락
게릴라성 집중호우란 것도 무섭고

봇물이 터지고 산이 무너져 내리고 사람과 가축과 집이
함께 혹은 따로따로 둥둥 떠내려가는 홍수를 즐기시는 하
느님 산사태에 파묻힌 할머니를 꺼내 내는 TV현장 중개를
못 보시는지

맙소사 노바기 퍼붓는 노다지 장대비

2,

장마도 언제 그랬냐는 듯 언제고 날들 날 있겠지
구슬땀을 뿌리며 흙에서 파낸 할머니를 다시 흙에 묻는
사람들
휩쓸린 농작물을 골라 일으켜 세우고

아무 일도 없었다는 듯

어느 산기슭에서 나리꽃은 또 웃고 있겠지

종이컵

대합실 자판기 옆이나
사무실 책상 밑이나
공원 벤치 옆 쓰레기통에
수북하게 버려진
일회용 종이컵
단 한번 써먹고 나를 버려
후레자식들
지들은 얼마나 깨끗해서
매운 것 쓴 것 단 것
누린 것 비린 것 다 입에 대고
구린내 풍기는 더러운 입술을
아무 때나 쪽쪽 빨아대면서
억울하다 억울해
자세히 들여다봐야 보이는
희미한 입술 자국뿐
겉보기에 숫처녀와 진배없는
내 청춘을 돌려다오

화냥년이라 욕해도 좋아

화냥년이면 어때

더 많은 사람과 사귀며

오래오래 이 입술 다 해지도록

사랑받고 싶은데

장맛비 속에서

나는 가슴 두근거리며
그게 선님이 누나라는 걸 겨우 알아볼 수 있었지
억수로 퍼붓는 장맛비를 납작 다 맞으며
마당가 돈대 위 우리 앵두나무에 붙어 서서
앵두가지를 붙잡고 급하게 죽죽 훑어내듯 앵두를 따고 있는
그게 바로 이웃집 선님이 누나라는 걸
순간 누나를 지켜보고 있는 내가 누나에게 들킬까 봐
어둑한 속에서도 두 다리가 못 박힌 듯
조마조마 가슴 조이며 모르는 척
나는 끝까지 선님이 누나를 엄마에게 일러바치지 않았지
그때가 내가 초등학교 5학년 때였지 싶다
가끔씩 단호박이나 옥수수를 쪄서 생긋 웃으며
나에게 내밀던 예쁜 선님이 누나

이 아침 창문을 열어놓고 주룩주룩 퍼붓는 장맛비를 내다보며
벌써 가버린 누나의 두 얼굴을 떠올려본다

진실이 돌아왔다가
- 눈꽃사랑

봄눈 날리는 날

순결한 사랑의 영혼

그녀가 돌아와 앉았다 메마른 나뭇가지 위에

눈부시게 가벼운 흰 날개를 달고

근거 없는 많은 악플에 놀란

70년대 최고 스타 최진실 그녀가

나비로 날아갔던 그녀가

눈꽃 되어 돌아왔다

상춘객의 환호와 감탄을 받으며

허나 그것도 잠시

진실은 돌아갔다

시끄러운 세상에 물들기 싫은 그녀

곧 사라져 버려

나는 무엇에 홀린 듯 다시 눈을 비볐다

제비가 물고 온 연하장

365일 내내 안 풀려

처질대로 쳐져 내려앉은 몸

받쳐주는 힘

1월 1일

바닥을 치고

힘껏 솟아오르는 새해 첫날

365일의 상승 날갯짓

첫눈을 기다리며

어떻게 저리도 시커먼 구름장에서
순도 0도의 순백한 눈송이로 피어날 수 있을까
한 번도 사랑의 꽃을 피우지 못하고
일찍 죽어 저세상으로 간 한 소녀의 순결한 영혼이여

해마다 내리는 눈의 양이 줄어드는 진정한 이유가 뭘까
세월 따라 순백의 영혼도 점점 멀어져 가는 걸까
올해엔 아직 마음 설레는 첫눈도 내리지 않아
더 흐릿해가는 첫 여인에 대한 나의 미련이여

출람出藍[*]

아이들은 자란다

내가 가르친 아이들이 자라고 자라

내가 내려다보며 가르친 그 아이들이

되레 내가 올려다보고 또 올려다봐도

몰라보게 자라 나를 내려다보는 그들 앞에서

땅겉에 붙은 겨자씨만 해진

나, 부끄럽다기보다는

흐뭇해 우쭐우쭐

* 제자가 선생보다 낫다는 뜻의 청출어람이청어람靑出於藍而靑於藍의
준말

칠월이 오면

칠월이 오면 해마다 마당에다 멍석 펴고
그 옆에는 마른 쑥으로 모깃불 피워 놓고
식구들이 둘러앉아 보리밥 저녁을 먹은 뒤
옥수수와 단호박 감자를 쪄서
마실 온 이웃 어른들과 아이들에게
서로 권하며 먹던 어린 시절이 그리워진다
그때 어른들은 부채질을 해가며
농사일 얘기 세상 돌아가는 이야기를 나누시고
우리 어린이들 몇은 댑싸리 빗자루 들고
반짝반짝 불을 켜고
머리 위로 날아다니는 개똥벌레 잡아
노란 호박꽃 속에 넣어 등불을 만들기도 하고
반딧불을 눈썹 위에 붙여 보기도 하며
깔깔대며 재밌게 놀았었지

호랑이 담배 먹던 옛날 얘기는 말라며
형광등 밑에서 컴퓨터 게임이나 하는 지금 너희들이 그
재미를 알아

새알섬

창조의 여신이 알을 낳아

저 작은 섬이 바로 새알섬

바다가 생긴 이래 바다가 하고 있는 바다의 선禪

보라, 그동안 고단하고 외로운 파도경經을 들으며

무수히 자신을 사그라뜨리는 인고의 세월 속에서

영생을 피어올린 황홀, 한 송이 연꽃 향기여

득도의 환한 미소로 눈뜨는 바다 위에 좌불坐佛

새벽 빗소리

식구들 잠에 곯아떨어진
이 새벽 홀로 깨어
조용히 빗소릴 듣습니다

새벽 빗소리에 잠이 더 깊은 어둠속
나뭇잎 후드기는 소리
지붕 두드리는 소리 낙숫물 소리
빗방울은 한가지인데
빗소리는 사물마다 달라
공간을 꽉 채우는
온갖 빗소리
후드득 후닥딱딱 또르르 또르르

삼매경인듯
한동안 나를 무아경에 빠지게 한 새벽 빗소리

밤꽃향기

우리 동네 모내기가 시작되고 마치기까지 내내

뒷동산 밤꽃향기 흐드러지게 피어 마을 안을 품고 있지요

그동안 농사 뒷바라지를 잘해오던 우리 동네 젊은 과수
댁이

이 무렵 물동이 호밋자루 팽개치고 하얀 달빛을 밟고 야
반도주했다지요.

장차 농사일이 힘들어서였을까요

아님 또 다른 이유에서였을까요

하긴 한밤에 더 진한 향기를 내뿜는 하얀 밤꽃향기가

자세히 맡아볼 것도 없이 사내의 그것 냄새와 꼭 닮아서

경험해 본 젊은 계집이 못 견딜 만도 하네요